L'ami sa

Une histoire écrite par J
illustrée par Bru

BAYARD POCHE

L'ami sauvage

Jennifer Dalrymple est née en 1966 à San Francisco, aux États-Unis, mais aujourd'hui elle vit en France. Elle est auteur et illustrateur depuis 1990. Elle écrit essentiellement pour l'École des Loisirs et Bayard Jeunesse.

Du même auteur dans Bayard Poche :
Trois rollers pour deux - Joyeux anniversaire ! (J'aime lire)

Bruno Pilorget est né en 1957 à Vannes. Après deux ans aux Beaux-Arts de Lorient, il décide de ne faire que ce qui lui plaît, c'est-à-dire dessiner. Et cela lui réussit, puisqu'il a déjà illustré plus de soixante livres pour les enfants.

Du même illustrateur dans Bayard Poche :
L'exploit de Gara - Le fantôme du capitaine (J'aime lire)

Dépôt légal : octobre 2006
Loi du 16 juillet 1949 sur les publications destinées à la jeunesse.

1
Une adoption

C'était un des premiers matins du printemps. L'hiver avait duré plus de six mois, et finalement la neige commençait à fondre.

Jérémie et son ami Jipji'j se sentaient pleins d'énergie. Jipji'j signifie « oiseau » en micmac*, mais Jérémie l'appelait Jip, c'était plus simple.

Souvent, les deux garçons se retrouvaient pour jouer dans la forêt.

* Les Micmacs font partie des Algonquins, une des six grandes familles des Indiens d'Amérique du Nord. Ils vivent au Canada.

Ce jour-là, Jip avait repéré des traces d'ours, larges et profondes. Observant le sol humide, il dit :

– Regarde ! Il y a des empreintes plus petites à côté.

Tout excité, Jip ajouta :

– Ça doit être une mère ourse avec son petit.

Jérémie ne se sentait pas aussi joyeux :

– Il vaut mieux ne pas rester dans les parages. Il n'y a rien de plus dangereux qu'une mère ourse qui protège son ourson. C'est mon père qui me l'a dit !

C'est alors qu'un coup de feu retentit. Sec, précis. Puis un second.

Jip et Jérémie se regardèrent. Jérémie hésita, mais comme son ami avait filé en direction du bruit, il préféra le suivre.

Deux chasseurs se tenaient à l'orée de la forêt. Un ours gisait à leurs pieds. Pour Jip ça ne faisait aucun doute, c'était la femelle dont il venait de repérer les traces.

Jérémie et Jip restèrent cachés derrière des fourrés pendant que les deux hommes attachaient l'ourse morte avec des cordes. Les chasseurs traînèrent leur proie jusqu'à leur carriole, en peinant sous le poids.

Jérémie murmura :

– La pauvre bête... Ça me fait toujours de la peine quand on tue un ours.

Alors que les deux amis se redressaient, ils entendirent un couinement. Le couinement se répéta, comme une plainte désespérée.

Sous les branches d'un sapin, Jérémie découvrit une boule de poils bruns. Il posa sa main sur la fourrure et le petit ours tourna vers lui un regard apeuré.

– Le petit de l'ourse ! s'exclama Jip. Heureusement qu'il était caché, sinon les chasseurs l'auraient tué, lui aussi.

Jérémie s'inquiéta :

– Que va-t-il devenir sans sa mère ? Il est si petit ! Elle devait encore l'allaiter.

Jip sourit et frappa dans ses mains.

– Il y a une vache chez toi ! dit-il à son ami. Et moi, je sais comment faire une tétine avec une gourde et un gant de cuir. Nous allons le nourrir nous-mêmes.

Jérémie protesta :

– Mais ce n'est pas possible ! Si mon père découvre que je vole le lait de notre vache, il va être furieux !

Jip leva les yeux au ciel :

– Tant pis ! Alors, l'ourson va mourir de faim…

Jérémie fit la moue :

– Tu crois vraiment que ça peut marcher ?

Jip se mit à rire :

– Les Micmacs disent que, hommes et animaux, nous sommes tous frères. Des ourses ont élevé des humains, et des humains ont élevé des oursons. Nous sommes sa seule chance !

Jérémie se décida enfin. Il tendit la main :

– Tope là !

Il embrassa l'ourson, qui grogna doucement.

– Tope là ! répéta Jip. Topla, ce sera son nom !

2
Ensemble

Cela faisait un mois déjà que les garçons avaient découvert le petit ours. Depuis, tous les trois passaient leur temps ensemble.

Jip et Jérémie avaient installé Topla, leur petit protégé, dans une grotte sèche. Avec des fougères et une vieille couverture, ils lui avaient préparé une litière bien douillette.

L'ourson était glouton, il buvait à chaque fois tout le lait contenu dans le biberon fabriqué par Jip, et il en redemandait !

Topla gambadait, faisait des cabrioles et observait chacun des gestes de Jérémie et de Jip. Et quand il avait bien mangé, il leur léchait le visage pour les remercier.

L'ourson grandissait à vue d'œil. Bientôt, le lait de vache ne lui suffirait plus. Jip dit :

– Il est encore petit, mais c'est un grizzli. Adulte, il mesurera plus de deux mètres et il pourra courir aussi vite qu'un cheval !

Un matin, Jip arriva avec un « travois »*. Jérémie, surpris, lui demanda :

– Où as-tu trouvé ça ?

Jip sourit en désignant son ouvrage :

– Je l'ai fabriqué moi-même avec des branches nouées et du cuir. Je l'ai fait pour Topla.

Jérémie le regarda, perplexe : il trouvait que Jip avait de drôles d'idées.

* Travois : sorte de traîneau fabriqué avec deux longues tiges de bois liées en forme de A qu'on attache sur le dos d'un cheval ou d'un chien.

Jip essaya d'attacher le harnais de cuir autour du cou de Topla. L'ourson, qui ne pensait qu'à jouer, se roula dans l'herbe en grognant. Alors, Jérémie se jeta sur lui pour l'immobiliser. Tant bien que mal, les garçons parvinrent à accrocher le travois derrière l'ours. Mais l'animal n'en voulait pas. En quelques minutes, le travois se retrouva en morceaux.

Jérémie était désolé pour Jip. Le jeune Indien haussa les épaules :

– Il n'était pas assez solide ! Je vais en faire un autre.

3
La rupture

La cabane en rondins où vivait Jérémie était bien petite. À l'intérieur, son père allait et venait à grandes enjambées. Il grondait :

– Je reviens de la ville. Les gens m'ont dit qu'ils t'ont vu dans la forêt avec un Indien et un ourson ! Je n'en croyais pas mes oreilles ! On nous regardait déjà d'un sale œil à cause de ton ami Peau-rouge... Cette fois, tu vas vraiment nous attirer des ennuis.

Jérémie était recroquevillé sur son lit. Le corps immense de son père remplissait la pièce. Le bûcheron n'avait pas besoin de crier, Jérémie savait qu'il n'y avait rien à répondre.

Son père reprit :

– Les ours sont très dangereux. Moins il y en a, mieux on se porte. Et toi, tu en nourris un ! Je t'interdis de t'occuper de cet animal...

Le bûcheron montra son fusil :

– Sinon, j'irai l'abattre moi-même !

Les yeux de Jérémie se mirent à picoter, tandis que son père continuait :

– Désormais, tu viendras m'aider dans la forêt. De toute façon, je ne veux plus te voir traîner avec cet Indien.

Le monde de Jérémie s'écroulait : Jip, Topla, leurs jeux... tout disparaissait.

Jérémie ne songeait même pas à désobéir à son père.

Le bûcheron enfonça son chapeau sur sa tête et ouvrit la porte. Avant de s'en aller, il ajouta :

– C'est pour ton bien que je te parle comme ça. Tu comprendras, un jour…

Et il sortit.

Pendant ce temps, Jip avait construit un travois bien plus solide, et il était impatient de le montrer à son ami. Il attendit Jérémie toute la journée.

Jérémie ne se montra pas. Il ne vint pas non plus le lendemain.

Le troisième jour, Jip finit par s'inquiéter et décida d'aller lui rendre visite.

Lorsque Jip arriva, Jérémie empilait des bûches devant la maison.

– Njignam* ! cria l'Indien.

Il était content de voir son ami en bonne santé.

* Njignam : « Mon frère » en micmac.

Jip demanda :

– Tu as été malade ? Tu sais, mon grand-père Mooso-me est un grand homme-médecine. Il sait tout guérir : la fièvre, les brûlures, les foulures, les...

Jérémie était gêné, il interrompit son ami :

– Je n'ai pas été malade, mais je ne peux plus aller jouer avec toi. Mon père veut que je reste ici pour travailler.

Jip fit les yeux ronds :

– Comme bûcheron ? Mais tu es trop jeune, et Topla a besoin de nous deux. Tu lui manques, tu sais !

À cet instant, le père de Jérémie sortit de la maison et se plaça entre les deux garçons. Jérémie baissa le nez, et Jip ravala sa salive, intimidé par le géant au visage menaçant.

Le bûcheron s'adressa à Jip :

– Jérémie n'a plus de temps pour toi, dit-il. Ici, on ne veut ni des ours... ni des gens comme toi. Va-t'en !

Jip resta sans voix. Il n'arrivait pas à y croire. Puis il se souvint des mots que son père lui avait dits plusieurs fois : « Les Micmacs et les Visages pâles ne peuvent pas s'entendre. »

Jip ne l'avait pas cru. La preuve : Jérémie était blanc et il était son meilleur ami. Mais voilà que son meilleur ami gardait les yeux baissés et qu'il ne disait rien pour le défendre.

Jip était déçu. Il regarda le bûcheron avec rage puis il s'adressa à Jérémie en essayant de cacher son chagrin :

– Eh bien, reste là ! De toute façon, Topla peut se passer de lait, maintenant. Je lui donne des fruits et des larves. On n'a plus besoin de toi... On est très bien entre « sauvages » !

Jérémie aurait voulu protester, mais il avait trop peur de son père.

Jip espérait encore un geste, mais en vain. L'Indien finit par tourner les talons sans rien ajouter.

4
Les frères sauvages

L'été vint, puis ce fut l'automne.

Jérémie passait la plupart de son temps avec son père. Il sciait le petit bois et préparait des fagots. Le soir, son père lui apprenait un peu à lire et à écrire, et, pendant leur temps libre, ils allaient chasser.

De son côté, Jip pêchait avec les garçons de sa tribu, mais c'est avec Topla qu'il passait la plus grande partie de ses journées.

L'ourson avait bien grandi et, à force de l'entraîner, Jip avait réussi à lui faire accepter le harnais de cuir.

Un matin, alors que Jérémie ramassait du bois dans la forêt, il vit au loin Jip et son incroyable équipage.

Jip criait « Pata ! » et « Ina ! » et « Hoooo ! », des ordres pour dire à Topla « à gauche ! », « à droite ! » et « ralentis ! ».

L'ours courait comme un fou. Il semblait prendre un plaisir extrême à entraîner le petit Indien sur le travois derrière lui. Jip riait, même si, parfois, son visage se crispait, de peur de se renverser.

Jérémie aurait voulu crier, applaudir, courir, se joindre à eux... Mais il resta caché derrière les arbres. Il ne trouvait toujours pas le courage de désobéir à son père.

Jip parvint enfin à arrêter l'ours. Il huma l'air et sourit.

D'une voix forte et claire, il clama :

– Jip a réussi à dompter le grizzli. Le grizzli est devenu le frère de Jip. Nous étions trois frères au départ, mais l'un d'eux a été mangé par un monstre au visage pâle. Les deux meilleurs sont restés : Jip et Topla. Avec leur travois, ils vont glisser dans le ciel !

Puis il cria « JAAAAA ! » et Topla repartit à toute allure.

Jérémie se colla contre le tronc d'un arbre. Il savait que Jip l'avait vu et que les mots qu'il avait criés lui étaient destinés. Son visage se froissa de tristesse. Il regrettait tellement leur amitié perdue !

5
Le retour des neiges

Dès l'automne, les premières neiges arrivèrent.

Jérémie et son père avaient travaillé très dur ces derniers mois et ils continuaient, car le bûcheron voulait encore gagner un peu d'argent avant que la neige et le blizzard* ne bloquent les chemins.

* Blizzard : vent très froid mêlé de neige.

Ce jour-là, Jérémie et son père s'étaient enfoncés dans la forêt. Le bûcheron s'attaquait à un énorme sapin. À l'écart, Jérémie attendait. Il en profitait pour aiguiser les outils.

Tout à coup, il entendit un affreux craquement, suivi d'un cri. Jérémie accourut, mais il ne trouva pas son père. Il ne vit que l'arbre immense qui s'était effondré. Il appela :

– Papa ! Papa ! Où es-tu ? Tu es en vie ? Tu es blessé ?

Une plainte lui répondit enfin.

Jérémie se précipita et il découvrit son père sous un enchevêtrement de branches. Le bûcheron avait du sang sur le visage et il grimaçait de douleur.

– Je suis coincé ! gémit-il. Prends la petite scie et essaie de me dégager...

Jérémie attrapa l'outil et se mit au travail. Les branches, pleines de sève, étaient difficiles à couper, mais il finit par en tailler un grand nombre. Cependant, le tronc qui écrasait son père restait beaucoup trop lourd pour qu'il puisse le soulever.

Jérémie pensa alors à Topla. Lui, il serait capable de tirer l'arbre... et sa grotte était toute proche. Mais son père lui avait interdit d'approcher l'ours. Jérémie réfléchit. C'est alors que le bûcheron perdit connaissance.

Il n'y avait plus à hésiter. Jérémie s'éloigna dans la neige qui commençait à tomber.

Cela faisait longtemps qu'il n'avait pas vu Topla de près. Le garçon espérait que l'ours n'avait pas commencé à hiberner.

Topla devait être bien gros maintenant, et puissant... Dangereux peut-être ?

Jérémie atteignit la caverne de l'ours. Il hésita. Et si Topla ne le reconnaissait pas ? Puis il repensa à son père, blessé.

Alors Jérémie inspira profondément avant d'appeler :

– Topla, petit ours ! Es-tu là ?

Les mots résonnèrent dans la grotte, mais seul le silence lui répondit.

Jérémie serra les poings. Il rassembla son courage, et appela à nouveau, plus fort :

– Topla, mon frère... j'ai besoin de toi !

Il y eut un grognement, un mouvement lourd, et Jérémie sentit le souffle chaud de l'ours. Puis il aperçut sa tête et son corps, devenus si gros.

Topla hésita lui aussi. Il renifla, il se souvint enfin, et il lécha la main de celui qui l'avait recueilli et nourri.

Jérémie était soulagé et ému de retrouver son ami. Il plongea sa main dans la fourrure de l'animal. Mais il fallait faire vite !

Le travois de Jip était posé contre la roche. Jérémie mit le harnais à Topla, et il entraîna l'ours vers la forêt.

Lorsque le père de Jérémie reprit connaissance, il ne vit pas tout de suite qui avait dégagé le tronc d'arbre. Quand il aperçut l'ours aux côtés de Jérémie, le bûcheron paniqua, puis il s'emporta contre son fils.

– Je t'avais interdit ! gronda-t-il entre deux gémissements de douleur.

Cette fois, Jérémie osa parler à son père :

– Je ne t'ai jamais désobéi ! Sauf aujourd'hui ! Topla est une brave bête, et il va t'emmener chez le grand-père de Jip. C'est un homme-médecine, il soignera ta jambe.

Le père de Jérémie n'avait plus la force de répondre. Il laissa son fils l'installer et le ficeler sur le travois. Jérémie ne pouvait pas faire avancer l'ours comme le faisait Jip, alors il attrapa Topla par la bride. Et, dans le vent et la neige, il conduisit l'ours et son attelage jusqu'au campement des Micmacs.

6
Retour à la nature

Les Indiens furent bien surpris de voir arriver cet étrange équipage. Mais, le plus étonné, et aussi le plus heureux, ce fut Jip.

Le jeune Indien guida Jérémie vers le wigwam* de son grand-père. Mooso-me se mit aussitôt à soigner et à panser le bûcheron.

*Wigwam : habitation en peau ou en écorce de boulot. Elle peut avoir la forme d'un dôme.

Le père de Jérémie était trop faible pour rentrer chez lui. Alors, les Indiens décidèrent de le garder parmi eux quelque temps.

Entre Jérémie et Jip, l'amitié brisée fut vite renouée. Ensemble, ils raccompagnèrent Topla dans sa caverne, et l'ours put commencer à hiberner tranquillement.

Au fil des jours, Jérémie apprit à pêcher dans l'eau glacée avec Jip. Il apprit aussi à disparaître lorsque son père le faisait appeler et qu'il n'avait pas envie de le voir.

Au bout de trois semaines, le temps s'adoucit et le bûcheron finit par guérir. Jérémie et son père pouvaient enfin rentrer chez eux.

Le matin du départ, le bûcheron dit à Mooso-me :

– Je ne saurai jamais comment vous remercier.

Le vieil homme sourit et répondit :

– En devenant notre ami.

Puis il ajouta :

– Avant que vous partiez, je dois parler à votre fils et à Jip :

Le vieil homme s'adressa alors aux garçons :

– Ce qui s'est passé montre que les animaux sauvages et les hommes peuvent être frères. Mais si vous aimez et respectez vraiment votre frère ours, alors, ce n'est pas en lui apprenant à tirer un travois que vous l'aiderez. Bientôt, Topla sera adulte. Il devra se nourrir seul, affronter les autres ours et trouver une femelle. Laissez-le être un ours.

Les deux garçons comprirent les paroles du grand-père, et le bûcheron approuva avec un sourire.

L’hiver s’acheva. Cela faisait un an que l’aventure des trois amis avait commencé.

Quand Topla se réveilla de son sommeil d’hiver, Jip et Jérémie le laissèrent seul de plus en plus souvent. L’ours devait pêcher et gratter le sol et l’écorce des arbres morts pour trouver de quoi se nourrir.

Un jour d’été, les deux garçons virent Topla s’éloigner en courant. Au loin, il avait aperçu une bande de jeunes ours.

Les garçons eurent un pincement au cœur :

– Voilà, dit Jip, on se retrouve tout seuls.

Puis il fit un grand sourire à Jérémie :

– Comme avant, mon ami…

– … Njignam ! ajouta Jérémie.

Ensemble, ils poussèrent un cri de joie, un cri sauvage, puis ils partirent en courant.

Achevé d'imprimer en avril 2006 par Oberthur Graphique
35000 RENNES – N° Impression : 7070
Imprimé en France